歌集 白鷺

伊藤香世子

現代短歌社

目次

白鷺

夕風夕顔

高二なる意志強き娘も部活にて遅き帰宅と宿題に苦しむ

ソニックを満員にして娘等は吹奏楽に時間を忘る

武蔵野の名残りとどむる樵林足を止めれば桜せまり来

たらの芽に手が届かずに指図する声のひびきて急に汗かく

朝より笑顔作りて意のままにならぬわが身のいら立ち隠す

新聞に大きな見出しのサリンガス知人の安否急ぎ確かむ

早朝にまた地震かと目をこらし亥年の出足惨事相次ぐ

初恋に心躍りし十九歳あつといふ間に娘追ひつく

夏の日の空に色なく水田に白鷺涼し朝見まもりぬ

有能なる人を洗脳し尊師などと呼ばれ真理を誤りにけり

結納に田植ゑを抜けて来し母の晴着を着るも厚着せしまま

家事を終へ寛ぎ憩ふ熱き茶に今日の出来事一とき忘る

研修に傘もちて乗る日比谷線サリン禍脳裏に落ち着かずをり

梅雨晴れの瞬時のがさず洗濯す労ねぎらふか雀さへづる

日中の鬱陶しさを消すごとく土の香残し夕風吹きぬ

夕顔の花潔しひつそりと暑さはねのけ純白に咲く

晴れわたる太陽のした一斉に氷川の森を神輿出でゆく

夢一途

夏喪服急ぎ求むる人のあり盆過ぎてすぐ慌しさ増す

朝もやに見え隠れして少女等は飯盒片手にわれにかけ寄る

ゆく夏の名残りを惜しむ曼珠沙華六地蔵立つ野の道に咲く

ぼたん寺の朱塗りの柱舞殿に姿夢見るそぼ降る雨に

はんなりと白の紬に萩三輪京女楚々と涼風の如し

鳩胸の浴衣着せがひありと思ふなまめかしけれ祭も近き

鮮明な語尾美しと君を見ついつ頃よりか輝きのあり

夢一途わが道を行く娘等の姿は眩し秋の日晴るる

敬老の祝ひと名簿見せながらこの日は嫌ひと母欠席す

リストラと求人数に揺れ動く職場の空気日毎に濁る

萩揺れて公孫樹並木も枝落とし飛行機雲が秋を告げくる

坂道を手を携へて老夫婦仲睦まじく野菊摘み行く

山頂へ曲がりゆく道両側の空にたわわに柿かがやけり

映像に紅葉の便り西東日毎に増して秋深まりぬ

岩殿に千手観音拝みつつ木もれ日の中君の背ながむ

家事終へて針持つ手許もどかしく眠気振り切り宿題助く

紅葉の山のふもとに点々と青空のもと冬桜咲く

振袖

小春日に娘の彼が尋ね来る猫も家族も落ちつかずをり

初春に大きな希望かけすぎと苦笑ひして初穂手にする

校名のまだ新しきユニホーム十五、六走り過ぎたり

福願ひ恵比寿大黒の掛け軸に夢を託して宝くじ買ふ

振袖にほほ染め姉妹ポーズ取る庭に侘助華を添へ咲く

電話にて弁解のさま板につき君なにするや春の一日

近々と寄りて珈琲入れくるる女と和めり心ならずも

成人の娘晴れやかに嬉々と立ち想ひはめぐる腕に抱きし日

朝毎に寒さ言ひあひ挨拶す春待ちわびて福寿草咲く

ちらほらと梅の便りも聞かれをり雛を飾るも春まだ遠し

群がりて餌を突つき合ふ野鳩さへ一羽となれば後追ひてとぶ

就職

工事中のいらだち募る回り道ピンク鮮やかに桃の花咲く

早咲きの桜をめざし走りゆく前方遠く桃の花見ゆ

就職の決まりたる娘と休日に職場の下見す客よそほひて

オーストリアへ行く娘にあれこれと口出し過ぎて夫婦喧嘩す

霞立つビルの空ゆく飛行船歩みをとめて暫し見上ぐる

陽光に満開の桜ほころびぬ新緑の樹々空にまぶしく

早朝にごみ出すわれに俄かにも花吹雪して道をさへぎる

桜花重なり合ひて満開の薄紅色にわれもそまりぬ

雨音に目覚めの早き老猫の甘えすり寄り朝のせはしき

待ち合せ時間気になり心早やメニューも見ずに辺り見回す

待てど来ぬ友を待ちゐて何事の起きしならむと心乱るる

久々の散歩になりし老い母は新緑の中軽やかに行く

むらさきの露草まぶしバス停に暫しの間こころなごめる

朝露にぬれて若葉の清々し疲れしわが身しばし憩へる

早朝のドライブ楽し夫婦して清しき空気特にさはやか

入梅とニュースに聞きて見る庭のあぢさゐの玉の花色づきぬ

戦争のビデオ見るのも悲惨にて眼そむけ声だけを聞く

盆踊り

親しげに人をかき分け列に入り盆踊りするわれも弥次馬

晴れわたる空の下ゆく夏祭り声高らかに子らは山車曳く

梅雨空をながめて嘆く空模様あぢさゐは紺鮮やかに咲く

梅雨晴れに布団干すのも一大事又曇りきて急ぎ取り込む

土砂降りの雨に傘さしごみ袋両手に走り二往復する

朝に夕にマッサージ機に横たはり疲れを癒やす猛暑続く日

五月病も癒えて勤めに慣れ来たる娘は出勤す苦笑ひして

夕餉あと娘の土産のケーキまで又も食べをりストレス積りて

どしやぶりの雨の止みたり駅前は帰宅を急ぐ人で混みあふ

花菖蒲山の谷間に整然と木洩れ日を浴びむらさき涼し

山百合を眺むる母も病癒え杖をつきつつ歩を進め行く

日中の慌しさはどこへやら静まりかへり夜も更けゆく

少年の犯罪を追ふマスコミに親兄弟の不幸を思ふ

いつとなくバスに乗る顔覚えゐて顔見ぬ日には妙に気になる

色あせて萎れし紫陽花戻り梅雨に甦り咲く嘘の如くに

青春を共に過ごしし君は今癌と聞きたり早や三年とぞ

とりどりの薔薇の花咲く公園もあまりの暑さに人影見えず

朝露の畑のトマトが瑞々し捥げる手許に重き感触

夏空を飛行機雲の直線に手をさしのべて長く尾を引き

天高く澄み渡りたる高原に入道雲のゆるやかに過ぐ

夏風を切りて進めるさくら丸晴海を後にす娘等を乗せ

使節団の船出の時をテープ舞ふどの顔見ても笑顔こぼれて

飼猫の予防注射の案内にトラ様と有り笑ひ誘へる

飼　猫

朝夕の涼しく秋の気配有り温もり求め猫落ちつかず

休み明け人の溢るる病院は順番待つも一日仕事

朝焼けに見入る間もなく台風の雨降り出でぬ余韻残して

仕事終へ買ひ物すませ帰る路金木犀の香りつき来る

秋になり盆に種蒔きし小松菜も長雨たたり鳥の餌となる

堤防の道より下りて茎太くコスモス咲ける川の辺をゆく

夕風にコスモスの揺れ爽やかに山合ひの里はもう冬仕度

飼猫は顔色見分け甘えよりきげんの悪き日は近寄らず

紅葉の山連なれるいろは坂猿群がりて車進めず

豊作か柿実りしと届けられ又も届きて持て余しをり

先歩むわれを待たせて夫の言ふ庭を縞蛇が通りゆきしと

笑顔

竿を手に鴉と競ひわれ勝ちて素早く取りぬ隣り家の柿

北風に背を向け急ぐ帰りみち鬼怒川は今朝みぞれとぞ聞く

病院の人無く寒き非常口仏となりて帰るひとあり

ケーキ売る天使に扮する女学生笑顔振りまき客捌きゆく

寒中に咲ける臘梅うつ向きて辺り一面甘く香れり

不景気

立春に椿水仙綻びて温き日差しにかがやかんとす

北風に梅林の梅寒からずしだれ揺らぎて甘く香れる

いつになく春めく陽気コート脱ぎ心晴れ晴れ足運びゆく

雪解けに踏まれし水仙漸くに黄の色増して蕾ふくらむ

山桜目映ゆきほどに咲き競ひ花に浮かれて歩み軽やか

朝風に微かに揺らぎ咲き誇る枝垂れ桜にざわめき起こる

桜花風に舞ひ落ち静かなり時の調べに暫し見とれつ

不景気といはれ続くるこの頃は昨日の店も今朝は倒産す

雨音は耳障りなり穀雨とぞ夜更けに一人目覚めてをりぬ

雪道のタイヤの跡に足おきて溜息をつきバスを待ちをり

降る雪に何事ならむとうろたふる猫落ちつかせ笑ひ止まらず

くだらなきだじやれ発する末娘けふ十九歳と言はれ驚く

霜柱踏みて洗濯干すうちに先のものから凍り始むる

手枕に甘えて眠る飼猫を起こしも出来ず時間過ぎゆく

公務員望む娘は北海道それもいいかとぽつりと漏らす

群がりて歓声上ぐる若きらは同じ化粧す流行《はやり》の服に

日当りの悪き庭隅卯の花が咲き香り来てわが家も夏に

長梅雨

紫陽花の色変はり来て梅雨の雨降りしきる庭暗くなりつつ

サボテンの古茎抜きて庭隅に投げ捨て置けば新芽出揃ふ

久々の女ばかりの会食は日頃食べられぬよき物ばかり

年頃の客に浴衣を勧めたり笑みのこぼれて振り返りゆく

朗々とひびく師のこゑに促され静寂のなか無我に舞ひゆく

長梅雨のうつたうしさを吹き飛ばし闇空突きて花火轟く

着流しでマイク片手に演歌歌ふ歌に酔ひをり祭りたけなは

担ぎ手の汗流れ飛ぶ神輿ゆく祭り盛り上がりクライマックス

新緑の木洩れ日を受け青やピンク優しく咲けり矢車草は

片言を喋り始めし幼児はじつと見詰めて話聞きをり

パンジーの色それぞれに個性有りあの人この人に思ひ巡らす

夜半より

アイドルの開演間近の炎天下黒の衣装に少女等集ふ

船旅を約せし友の今は亡く港変はらず氷川丸見ゆ

感電死なして落ちたる母鳥に子鴉騒ぐ声けたたまし

夜半より轟き渡る雷に遅き梅雨明け台風きざす

小さき身を精一杯に背伸びして祝ひ着羽織る三歳の児は

秋日和背筋伸ばして満足気に清しき風に猫眠りゐる

夜も更けて湯舟につかり時忘る蟋蟀のこゑ自棄に騒がし

和紙ちぎり並べし如く雲流れ青空のもと行方目に追ふ

夏蜜柑

青々と空晴れわたり曼珠沙華真つ赤に咲ける巾着田狭し

慕ひ来る娘の彼に戸惑ひし月日を重ね気持通へる

ガイド見て寂れし宿に赤丸をつけて心はもう旅の中

重たげに枝下げ実る夏蜜柑寒さ増し来て急に色づく

紅を引く手許揺らぎて頬までも赤く染めたり童女のごとく

温泉の白く濁れるジェット流眠りを誘ふ鞭打ちの首

石畳踏みゆく鑁阿寺の境内は藍の帽子に冬桜映ゆ

子を抱ける道祖神は秋草の濡れてしげれる道に坐れり

寒蜆汁

来年は来月は明日は元気かと母気づかひて新年迎ふ

振袖も着こなし自由今風にラメのスプレー無造作の髪

デパートのクリスマス歌《ソング》切れ間なく呼び声涸るる歳末の街

来年は娘の結婚就職とわが家も変はる夜明けも近し

不景気のさ中の倒産相次ぎてわが職場にも深刻な風

雨上がり雫垂りつつ木蓮の花開きゆく白のまぶしく

寒戻り店に入りて暖を取り身に沁み渡る寒蜆汁

一歩三歩歩める幼振り返り二本の前歯可愛さの増す

蜜蜂

ダイオキシンの波紋飛び交ふ菠薐草産地確かめ又棚に置く

早朝の着付を終へて帰社をせり熟年の恋の実り祝ひて

薪能とき過ぎゆきて浮き上がる闇に面《おもて》の不気味さ漂ふ

桜湯の熱き喉越し今日よりはわが娘なれども預かれる娘に

ラベンダー小高き丘を包み込み花穂揺らぎて蜜蜂遊ぶ

野良猫の親子慣れ来て庭先に声聞き分けて姿現はす

照りつくる五月の太陽容赦なく田植ゑの農夫空見上げゐる

膝痛と腰痛を病むひと多し背筋伸ばせよ減量をせよ

白足袋

祭り向けの揃ひの浴衣縫ひ上がり体縮めて照れる人あり

純白のむくげの花が咲きほこり見慣れし家並日々変はりゆく

薄日射す山門めがけ集ひ来る神輿の群が森に木霊す

白足袋の足軽やかに音頭取る大宮踊りもエアロビリズム

野次馬も集まり捜す幼児の泣き声響くサマーセールに

トルコ地震瓦礫の中に救ひ待つ呻ける人に火の迫り来る

嫁ぐ日の間近になりしわが娘勝手違ひて寂しさ湧きぬ

仲見世に人の波よけ立ち止まり御朱印に見入る外つ国の人

秋海棠

娘の結婚間近くなりて真夏日を汗ふきながら荷造りをなす

空青くフラワーシャワーに笑み零れ娘は嫁ぎゆく花に紛れて

荒庭の木洩れ日に咲く秋海棠薄赤き花うつむきて咲く

連日の残暑長びき衣替へ夏服残せば今朝の寒かり

娘が嫁ぎ暮しのリズム変化せり乾し物減りて夜の長くなる

白バイの先導のもと走り行く冬到来の市民マラソン

御徒町三十年経て巡りゆく淡き初恋のなつかしさ増す

色艶の増して葉蔭に柿実り真つ赤に熟れて冬の陽に映ゆ

血糖値

気忙しき正月七日はや過ぎて枯庭の隅侘助咲ける

梅サワー少しばかりにほろ酔ひし良き初夢を期待して寝る

大寒に早咲きの梅わづか咲きその参道の木下あかるし

朝まだき玄関の軒の柊に鰯を刺せり母住む家は

ガーデニング彼岸前なる枯れ庭に水仙芽吹き福寿草咲く

血糖値下がりしと夫の弾む声黒酢に胡麻の効果ありしか

軽弾みに返事したため早朝の仕事入りて早く起きたり

春彼岸気温上がりて木蓮のほぐれし蕾夕べに咲ける

新緑

さはさはと風に揺らぎて桜木の蕾色づき土手のにぎはふ

花見頃朝の日射しの眩しかり川面に映ゆる花影を追ふ

春雨の止みて狭庭辺藤が咲き葉は緑増し花房揺るる

白鳩の群るる神域靖国に志願兵なりし伯父の名捜す

時期はづれ真紅に咲けるシクラメン春日の庭に黒揚羽舞ふ

種こぼれ車道の隅に矢車草風に揺るるも強かに咲く

新緑の林抜けゆくローカル線人の賑はひ祭り待つ町

栃の花盛りに咲ける秩父路の瀬音に和む鳥の囀り

銃弾

花菖蒲雨露受けて色冴えし紫の群れ谷間を染むる

紫陽花の小花重なる花毬を両手の平に弾ませ触るる

国体を祝ひ習ひし秩父音頭リズム軽やかに鼻歌混じる

小雨止み草取る手許軽くなり汗ふく間にも土の香のして

銃弾が頭掠めしといふ義父の老いて逝きたり戦後は遠し

茉莉花の香り清しき里山の星煌めきて蛍飛び交ふ

雷鳴と稲妻走る夕立に耳遠き母平然とをり

舌下錠枕辺に置く日常を母苦にもせず薬数増す

体温

息急きて出勤までの数分に腹にと沁むる珈琲を飲む

体温と同じ大気の中にゐて合歓の花咲く木蔭にいこふ

コンビニの開店控へ宣伝の二切れのパンにわれも並べる

秋空に学童の声響きをり背なのリュックが音して揺るる

山林を追はれし狸このごろは五匹ゐるらし家族口閉づ

駅前の共同募金の列に並ぶわが娘の箱へと入るる小銭を

枯草の中に蔓延るすすきの穂吾木紅添へ十五夜飾る

緊張の極限にまで身を置きて呼吸整ふ出番待つ間を

藪椿

藪椿春雨に濡れ色の冴ゆ弁天山につつ抜けの空

猫の餌をくはへ飛び去る漆黒の大き鴉に立ち竦みをり

雪柳細き枝々カーブして小花真盛りすき間なく白

新緑のまぶしき木々の間より枝張り咲ける花水木清し

春雨に濡れて若葉の瑞々し鳥のさへづり一段と澄む

朝ぼらけ夢見の悪さに起き出づれば春の嵐に落葉庭に満つ

うららかな新緑抜けて山峡の荒畑のなか山吹咲ける

新緑の林抜け出て見放くれば海岸沿ひにつり人群るる

秋　雲

じやがいもの根元手さぐり掘り進む大き手応へ転がり出づる

庭草が勢ひ増して梅雨深く紫陽花は紺の色濃く咲きぬ

エレベーター定員となり苦しきに一群降りて桃の香残す

陣痛に堪へよと娘を叱咤して出産待つに産声高し

秋雲の流れ青空果てしなく稲田実りてとんぼ飛び交ふ

がん末期母は知りつつ笑顔見す自宅療養つらしと思ふ

退院が決まりリハビリに励む母自宅待機を医師は告げゆく

休日のだるき体で家事こなし茶房に憩ふ短歌思ひて

食細く点滴に頼る母の顔生命伸びしと手鏡に見る

お囃子に民謡踊りの波の寄せ心早りて人をかきゆく

連日の酷暑の中のひと休み秋風立ちて女郎花咲く

母病む

病床に全身のだるさ訴ふる母の背中の骨あらはなる

注射打ち朦朧となり子に帰る老いたる母に涙止まらず

長病みの母弱りきて食を断ち眠りがちなりうは言走る

床ずれの背中に軟膏すり込みて死に近き母何と苦しき

手を握り母の生死を確かめて外に出づれば夕焼けの空

話せども言葉返らぬもどかしさ母の容体予断許さず

病室の窓より望む武甲山秋の気配に緑くすめる

学童

踏切に人影有りと急停止警報鳴りて三十分が過ぐ

路地裏の屋台に群るるサラリーマン麦酒片手に活気づく夕

彼岸入り線路狭しと萩が咲きすすき揺らぎて車窓にせまる

遠くから救急車のおと鳴り響き鴉が鳴きぬ朝の目覚めに

柿の実の空にかがやき残れども鴉ひよどり振り向きもせず

学童の吐く息白く列なして道の枯葉を踏みつつ通る

寒空に南天の実を狙ふひよ正月まではとビニールにおほふ

枯草を押しのけざまに水仙の芽は白を帯び寒き日に映ゆ

紅梅

大寒の凍て付く寒さに背を丸め吐く息白く足音の消ゆ

早咲きの白梅咲きて匂ひたつ参拝客は回り道せり

校庭に北風ふきてほこり立ちのどかな春日一瞬に消ゆ

冬陽照り枯葉目に付く大根の霜おく土に抜かるるを待つ

紅梅にうぐひす遊ぶ一声のいまだつたなく笑ひ聞きをり

沈丁花徐々にほつるる花まりの香り漂ふ道の朝風

新春の高校サッカーテレビの前に母校の校歌共に唄へり

直売の野菜も売れる精米所諸焼き上がり人の群がる

盆提灯

庭隅に群るる鈴蘭可憐なる葉に包まれて密やかに咲く

盆提灯あかり点して縁におく母のなき庭ほほづき実る

足元に遊ぶ野鳩が手をつつく電車待つ間の清き一時

鯉のぼり連なり泳ぐ畑中を歓声上げて子らはしる見ゆ

風に乗り歓声あがる運動会対抗リレーに声がこゑ追ふ

蜩の鳴き声止まぬ墓参り塔婆の先に蟬の殼あり

菊祭新種の花が目を奪ふ手に取りながめ他人《ひと》と語らふ

芙蓉の木わが背を越えて大輪のピンクの花にすずめ蜂群る

北風

秋茗荷香りの強し裏庭の縞の藪蚊に腕かまれたり

夕暮れに宗旦槿白極め夏の終りを静かに伝ふ

農道に沿ひて植ゑたる金木犀急ぐ家路に香りつき来る

重さうに頭垂れたる鶏頭が夕日を受けて道に影ひく

鬼怒川の雪解け混じる波しぶき水面掠めてかもめ飛びゆく

アーケード出づれば老舗の文具店破産宣告の張り紙のあり

襟立てて北風耐ふるバス停を学童列なし小走りに過ぐ

庭々のイルミネーション夕暮れを待ちて輝く道先案内

花大根

日脚伸び校庭に遊ぶ児童増え声弾ませて肩寄せ帰る

昨夜の雨土を鎮めて清すがし草木の花芽露ふふみをり

畑中に紅梅桃が咲き競ひバスの中まで香る気配す

立春を過ぎて農村活気づく畑たがやすエンジンの音

青空に枝埋め咲きし白木蓮追ひつくやうに桜三分咲く

土手桜四方に根を張り咲き盛る下枝曲がりて川の面掠む

太鼓橋おほひかぶさる桜花重なり転がり亀甲羅干す

花大根線路際まで咲き満ちてしばし車中に会話広ごる

鯉のぼり

鯉のぼり大空およぎ勇壮なり筑波山麓稲田はみどり

朝風に山門までの並木道葉ずれの音がリズム奏でる

とりどりのジャーマンアイリス列なして梅雨の走りに精彩放つ

駐車場つばめの巣作りほほゑまし鳴き声高く小枝くはへ来

緑葉の陰にて育つ無花果を日毎にながむ摘む日数へて

大雪

大雪にホームに流るるアナウンス右往左往し混乱の渦

大雪にもんぺ長靴で出勤すすれ違ふ人振り返りゆく

雪空に甘えすり寄る野良猫ら餌与ふればみな鳴きて来る

プレゼント孫に贈りて電話待つ片言話す声聞きたくて

去年受けし己が災ひ幸に換へむ夢広げつつ除夜の鐘聞く

元旦に賀状代はりの娘のメールあけおめことよろ文字省き来る

裾引きし真白き富士を車窓に追ひ心浮き立つ風すさぶ朝

一夜明け温き日差しに微睡めば屋根ずり落つる雪に戦く

岩撫子

前庭の草の成長著し晴れ間をぬひて今日も草取る

長雨にいまだ聞かざる蟬の声プールに通ふ学童震ふ

雪囲ひの竹の葉かぶる山小屋に岩撫子の花が群れ咲く

眼前に曾々木海岸顕れて眼を凝らし追ふしもつけの花

隣り家の弁天堂のいはれ説く課外授業を塀隔て聞く

花火果て利根川堤賑にぎし車のライト絶え間なく揺る

利根川を渡る川風心地良くすすきなびきて虫の音高し

ちかちかと星ぶつかりて綺麗だと線香花火を孫せがむなり

無花果

金木犀午睡の居間に香り満ち幼木なるに枝埋め咲く

六地蔵並ぶ山道秋雨に濡れゆく頭上を鴉鳴き去る

秋たけて柘榴食べ頃に色づくと絵手紙にして友は誘ひ来

空青く秩父連峰ひろがりて裾野に遠く休耕田見ゆ

自然薯の蔓が添木に巻き枯れてむかごが畑に数多落ちをり

山門に松毬転ぶ護国寺は藁囲ひされ森閑とせり

落葉せる無花果の枝実が残り冬日の中に日々育ちをり

女学生ら席に着くなりメール打ち鏡をもちてその手休めず

休耕田

雪晴れの空気清けき日だまりを水仙占めて咲き盛りをり

正月前青菜の価格はね騰るスーパーに来て買ひ迷ひをり

凍空に干し物揺るる庭にゐて水仙芽吹く庭を見てをり

休み田に鴉降り来て羽拡ぐ冬日包みて姿艶めく

節分に鬼はお前といふ夫の悪口まじへ酒量増しゆく

春立ちて梅も見頃か公園の温き日差しに子らの遊べる

うららかに草木萌えゐる庭の隅池に水張り目高を放つ

月の照る弁天堂に猫の群れ鳴き声違へ夜の更けゆく

種こぼれ庭に咲き継ぐ桜草濃きも淡きも混じり華やぐ

鉄仙の枯葉残れる支柱には若葉おほひて蕾の見ゆる

春霞む筑波山麓遠く見え菜の花の帯川辺を占むる

若竹

朝風に揺らめく田の面蝶が舞ひひばり囀りこゑ澄み渡る

用水の水量増して音高し春めく里に鯉のぼり泳ぐ

五月晴れに連なり泳ぐこひのぼり筑波山麓は稲田の緑

夏日浴び芝川に憩ふ鴨掠め鷺飛び交ひて水しぶき上ぐ

さ庭這ふどくだみ抜くに根の強く臭ひ鼻つき蚊がまとひつく

風通り吹き抜く居間の座布団に嬰児眠る寝息をたてて

緑濃き庭に遊べる塩辛蜻蛉ゆるやかに来て竿に止まれり

若竹がすつくと伸びて皮を脱ぎ緑揃ひて朝風誘ふ

花　火

カラオケで恋は水色唄ふなか歌詞追ひゆけば春甦る

土乾き水撒くそばから吸ひ込みて萎れし花木甦り咲く

綿シャツの皺も体に馴染みきて日射し気になる中年吾は

前の席に坐れる女童愛くるし癖毛にゑくぼ見え隠れして

男物浴衣売場は賑はへり男性店員浴衣に着替へ

列外れおかめ火男跳ね競ふしやんしやん鈴の音笑ひ渦巻く

街中を抜けて間もなく灯りなしねぶた祭に酔ひ宿に着く

闇を突き花火轟く天空に見惚れをののき暑さ忘るる

油蟬

空梅雨に猛暑残暑と耐へがたし盆近づきてやうやう和らぐ

餌押さへ牙むき猫は威嚇せり鴉騒ぎてごみを漁れる

はぐれ雲群から外れゆつくりゆく秋風に乗り姿変へつつ

紅玉に熟れて弾けて柘榴の実手の平掠りするり抜け落つ

曼珠沙華群れて鮮やかに谷間埋む松の木下に日射し押し並べ

秋彼岸過ぎて夕顔曇日に白際立ちて昼中咲ける

油蟬羽化しせみがら足に抱き色の未だし小枝に揺るる

商　家

ただよへる香りにめぐる菊花展千輪咲きにひと犇めけり

色付きてたわわに実る夏みかん寒さ増し来て枝に撓垂る

かつぽれの腰の粘りと足さばき笑ひ疲れて家路を急ぐ

小春日を竿いっぱいの干し物が空にはためき暫し満足

庭石をはがせば虫の蠢けり素早く逃げる蜚蠊を踏む

昔風の商店並ぶ一画は商家に生れしわが血騒がす

秋台風に一喜一憂の予報追ひ交通手段確かめ寝に付く

トレイ手に並べるパンを選るさ中今焼けしパン棚に割り込む

熟柿に群れゐる雀一斉に夕日に向かひ冬田飛びゆく

冬枯れの庭に咲き初むる枇杷の花ほのか香のたち蜂の遊べる

冷え著き夜半に窓越し見る庭の雪催ひして花も萎えたり

大寒

松の木に巣くふ蜂の巣空となり木枯し去りて庭に転がる

大寒に入りてそろそろ酒店に酒粕入荷の張り紙を待つ

吹き晴れて水底浅き芝川の枯れし蘆べに鷚らの遊ぶ

厳寒に寒紅梅の咲き充ちて冬日もいつか伸びてやはらか

雪つもり薄化粧せる冬田より朝光受けて雀群れ立つ

庭に佇つわれに寄りきて若き日の母に似て来しと娘がぽつりいふ

冬ざれの落葉積まるる吹き溜り水仙占めて咲き盛りをり

冬枯れのさ庭辺並べて光生れ今朝は北よりの風あたたかし

花粉情報

立春を過ぎて鬱金香芽吹き初め蕾はらみて今朝色づきぬ

濃く淡く梅咲き満つる畑中に差し寄るごとくバスは走りぬ

沈丁花の香に包まるる墓参り俄かにくもり砂ぼこり巻く

花粉情報の画像追ひつつ不機嫌に立体マスクで娘は出勤す

桜草季を忘れず咲き充てり清清として風にかたむく

春日射す梅の木下に堅香子がけぶれる如くさはに咲きける

暗闇を突きて近づくバイク音徐々に数増し怒声行き交ふ

さはさはと吹くや春風心地良しほほをかすめてささやくごとし

人の目のとどく所に巣をかける燕恋しき古巣をさがす

明け鴉群れて啼くこゑ不吉にてサイレン響き火事の近かり

終戦を知らず戦地の森に住む兵士の報に叔父を重ねつ

軽やかに庭に舞ひ来し黒揚羽黒に魅せられ佇み眺む

真つ黒に日焼せし子のこゑ高く神輿の渡御に人等犇めく

軽快なリズム先駆く盆踊り手まね足まね輪に入り廻る

赤谷湖に写る山並緑濃く紺青の空辺り包まむ

偶然に池袋駅に出会ひたる弟とカフェに入りて憩へる

夕日背に息せき切りて駆け登る熊野神社に萩の咲き満つ

鎌倉

五月晴れ真夏日に似る数日を過ぎて戻りし寒さに震ふ

光射す谷間を埋めて芝桜の花の色冴え模様描ける

鎌倉の若葉のひかり浴みてゆく赤鳥居過ぎ舞殿近し

遠尾根にみどり広ごる谷川のせせらぎの音間近に聞こゆ

あしひきの山連なれる新緑に埋まるがごと集落の見ゆ

遠光る利根の波間に渦の立ち川面かすめて鷺の飛び交ふ

皮むきて香りなほ増すらつきようの一粒ごとが白く耀ふ

梅雨晴れて車道横切る鴨四羽人は窓より声援送る

梅雨さ中湿度上がりてむし暑くけだるき午後を風の吹き過ぐ

真夏日を鳩が次々蹲踞に降りて水浴ぶしぶき立てつつ

木道をゆつくり歩む湿原にわたすげの花風にさまよふ

新聞

山里の庵にいこふ小半日夕日が沈むまでを見届く

茅屋根の店をつらぬる大内の宿に赤米ここぞと並ぶ

黄金色に穂を垂る稲田吹き抜くる風さはやかに案山子も揺るる

新聞をめがね外して読む夫と老眼かけしわれと向きあふ

ビル街を吹き荒るる風にたぢろぎぬ見上ぐる空に雲遠く見ゆ

日本海つつむ大雪計り得ず青菜高値に冷凍を解く

恥ぢらひて立つ振袖の乙女らは鏡を眺め微笑みてをり

雪雲が空をおほひて仄暗し北風に向き駅まで急ぐ

地平線を真紅に染める夕焼けよわが佇つ土に迫り来るごと

息吹きて飲む酒熱く喉元を一瞬に過ぎはらに沁み入る

あふむきて二十五分の岩盤浴したたる汗は生を息継ぐ

熊　笹

合の手も入りて盛上ぐるソーラン節踊る児童に拍手渦巻く

娘の呉るる化粧品の瓶数多ありもう暫くは買はずとも良し

ストラップ見せ合ひはしやぐ女学生午後の電車に飽かず戯る

咲き満てる梅に目白が遊びをり古き明治のごとき梅の香

窓開けて視野一面のやまつばき風に揺れつつ今咲き盛る

熊笹にもぐりて遊ぶ雀らを茂みにじつと猫が見てゐる

病気などどこ吹く風と過ししを老いは静かにわれに近づく

春めきて白侘助のにほひ立ち蕾ふふみて真綿色差す

草　木

かがやかに咲けるさんざし露ふふみ夏めく庭に紅の濃し

葦辺には岩と見まがふ亀の群れ戯れ転けてまた岩を成す

そよ風の心地良きかな昼下り茶碗選みて新茶楽しむ

緑萌ゆる山の間に桐の花会へてうれしも花の盛りに

五月晴れ揺るる草木の新緑に隠れて低く牛蛙啼く

針先で髪を梳きては釦付くるぷつと糸切る歯の小気味良し

桃色に空をも染めて咲く花の吹きくる風にたをやかに揺る

すき間なく鉢に生ひしくアッツ桜花紅々と輝きてをり

戦争

幼苗抜くは鴉と声あららげ友は小声に狸も出るといふ

裏山に狸の親子棲むと知りゐさを与へし母の偲ばる

勝手口に母の植ゑたる蕗茗荷さはに盛りて料理楽しむ

夕空に青き石榴の実の見えて日射の恋しまかげして見る

梅雨空の厚く広ごる荒川に雲を透かして薄日の届く

洗濯機の稼働の音の響く中目覚まし時計あわてて止むる

戦争を知らぬわれらが孫を連れ靖国問題咎めず詣づ

青き目の友の呉れたるコンビーフ小二の夏に戦争知りぬ

青色は上にゆく程濃くなりて澄める大空蝶もつれ飛ぶ

雲くらく漂ふ空に霧雨の俄か降り出で虹の橋立つ

赤々と燃ゆる夕焼けビル包みサンシャイン呑み蒼空を染む

蟷螂

露光る葉叢にもぐりて逃げゆけるかまきり追ふも黄葉に紛る

小石銜へ鴉飛びゆき野良猫の上に巧みに落して去りぬ

秋の日の闌けて蔓延る泡立草避けて通りぬアレルギーわれ

蟷螂の腹食ひ千切るすずめ蜂牛をも倒す画像を見たり

吉ならぬ札を読みあふ夫と娘の瞳険しく榊に結ぶ

秋雨のひた降る一日書き写す奥の細道いよよ宮城野

筋雲の彼方に伸ぶる空の下泡立草の勢ひ群るる

苔庭の飛び石渡れる足許に白ほととぎすたをやかに揺る

熟れ残る無花果つつく尾長あり日和続きを直にさざめく

歩かんと夫と巡れる見沼辺は雑木紅葉し刈田広ごる

遠き日に夫とゆきたるてんぷら屋山門近くに今も商ふ

一年の計

皮をそぎ薬味となししゆずの実の香りはしるし寒き夜の鍋

ビル風に背中を向けて耐ふる間を鋭き風の音立てて過ぐ

眠られぬ時は牛乳人肌にあたため飲めと茂太さん言ひき

せがまれて猪描けり迷ひつつ豚に牙付け鼻筋通す

正月もはや四日なりくつろげる花びらもちの淡き春色

鴨の群川幅占めて泳ぎ来つ飛沫上げつつ小競り合ひする

こまめなる夫も時には疎ましき高く掲ぐる一年の計

あかはらの百舌がきてをり白梅の大寒の午後急に咲き満つ

芽吹き初め雑木艶めく見沼辺は花の香ふふむ春の静けさ

強面の若きに席を譲られて思はず笑まふ夜のラッシュに

ひともとの緑色なる梅の花歌碑の傍へにひかりを含む

梅観んと香りのロード巡り来てカメラ構ふる夫に鳩寄る

山麓の街並すでに眼下なり駿河湾いま夕凪のとき

後記

本集は平成七年作歌に入ってから同十七年十二月まで、およそ一千首の作品から、改めて選歌した四四八首を収めた私の初めての歌集です。

短歌を作るようになった動機は実に幼いもので、高校生の夏休みか、冬休みの宿題で三首ばかり書いたのが最初だったと思います。その後も短歌の定型のリズムが忘れられず、断続しながらも精進し現在につづいています。

私はさいたま市の見沼区という所に生まれました。昔でいえば片柳村大字御蔵です。都市郊外型の純農村でしたが、最近は開発が進み、私どものまわりにも都市化の波がやってきました。戸建て住宅と共にマンション団地が建ち並んでいます。それでもところどころ椎や樫や公孫樹などの広葉樹が茂って、昔の面影を留めています。生活内容がそうした環境に埋没しているので、身近の自然が短歌作品のベースになっているのは当然かも知れません。もう一つは家族の歌です。父は私が作歌するようになった時は亡くなったあとでした。母の姿はしばしば登場します。元気で働きもので優しかった母。老いて衰えた母の歌もあります。夫や娘たちの歌はもちろんです。家族は親愛の情があからさまに出るので難しいといわれながら、くり返し歌って来ました。今思うと恥ずかしいですが、猫の歌まで集に入れました。中にわずかですが地下鉄サリン事件の歌があります。さらには旅の歌があって、無味乾燥になりがちな集に四季おりおりの彩りと潤いを添えることが出来ました。

表現においては風韻、幽玄そして繊細を心掛けて来たつもりです。いま清書原稿を目の前に置いて自分の思いの何分の一が果たせたのか、極めて心もとない次第です。読書体験をはじめ、先輩歌人からの助言と恩寵の賜物として、今日があると身に沁みて思います。あらたな挑戦に刺激を求め、長い逡巡の後に新しい結社「鮒」に加えさせていただきました。

集名を『白鷺』としました。集中に鷺の歌が何首かあります。鷺は飛ぶ姿も爽やかですが、緑の木立や竹林に羽を休めている姿が印象的です。清楚で一面野性的な強さもあります。

出版にあたって島崎榮一先生から原作のまま、製作年代順に構成するのが一番よいとのご指導をいただきました。校正は林三重子さんと甲野順子さんにお願いしました。

現代短歌社社長、道具武志氏をはじめ今泉洋子さんほか編集の皆様にお世話になりました。御礼もうし上げます。

平成二十四年八月吉日

伊藤香世子

歌集 白鷺

平成24年10月20日　発行

著　者　伊藤香世子
〒337-0033 さいたま市見沼区御蔵1428-5
発行人　道具武志
印　刷　㈱キャップス
発行所　現代短歌社
〒113-0033 東京都文京区本郷1-35-26
振替口座　00160-5-290969
電　話　03（5804）7100

定価2500円（本体2381円＋税）
ISBN978-4-906846-17-7 C0092 ¥2381E